水鏡の記憶

藤井慶子

思潮社

水鏡の記憶

藤井慶子

思潮社

目次

装幀＝思潮社装幀室

水

水鏡

エメラルド色の水面に　美しいしらかば
の群れが映っている　すらりと伸びた白
い幹はまるでうなじの美しい踊り子の足
のようだ
いまにも踊りだしそうな気配さえみせて
いる　透明な水のなかに　白く細い足は
どこまでも伸びて水底までとどく
水の鏡は　池をおおうように広がる森を

映しだしてしずもる　夏の光にきらきら
と輝き　水底から水のまなこがじっと私
をみつめる　心のなかを見透かすように
語りかけてくる　ささやきは心に響き
さざなみは心をくすぐる　私のなかによ
うやく水の記憶がもどりはじめた　水は
もえながら魂を浄化する　水面を雲が形
をかえながら流れてゆく　鏡は夕映えの
空に淡い月かげを静かに映しだす
そのとき　とつぜん鏡のなかに一羽の鳥
がつっこんできた　ひとときのふれあい
なのだろうか
鏡はついに愛の形を映しだす

緑響く

ひすい色の水の面《も》に
いちめんの森が輝く
池のほとりにたたずんで
画家が描いたという
池の面をじっと見つめる

放射状にことばが降りてくる
深い翠のみなわの底から

湧きあがる不思議な不協和音
これこそ画家の心をとらえた
一瞬の白馬の姿であろうか

夕闇せまる池のほとりで
森に向かって走りだした
まっ白な馬
夢の先に連なる
命の閃光をひらめかせて

東山魁夷「緑響く」に描かれた御射鹿池にて

母

校門に向かって
まっすぐにのびる
一本の道

雨雲が走ると
きまってその道に
あらわれる
紫の点

その瞬間私の眼は
黒板をはなれ
窓の向こうのその一点を凝視する

紫の点は
だんだん垂直の線になり
やがて等身大になって
校庭をはすかいに
校内に消えてゆく

数分すると
人影は再び

雨にゆらぐ紫のかすかなりんかくになり
小さな粒になって
六月の雨に吸いこまれてゆく

私の小さな二つの眼が
執拗にそれを追って

私の赤い傘を手にした母
紫のコートに
紫のじゃのめ傘をさしていた

梅雨の季節
きまって

私の水晶体に浮かぶ
紫の風景

川

宇宙船から
砂漠の土中深く
透視撮影が出来たと
ニュースで報じていた
映像には何千年も前の川が
黒々となまめかしく横たわる

何千年も前の川面には

みどりの風がそよぎ
透明な魚がはね
子供達は光のなかで
水浴びをしていただろうか
今砂漠の下で
子供達は眠りつづける

文明の機器も
開発されすぎると
いつか「兇器」になって
つっ走りそうで
そらおそろしい

そのうち人間の
心の中まで透視されて
秘密の引き出しまで
勝手にあけられ
マインドコントロールも意のままに

透視された私の川には
何人《なんぴと》が泳ぎ　どれだけの
よろこびや悲しみの藻が
繁茂しつづけることか
我がもの顔で川に居座る
鬼や菩薩よ

重く通りすぎた時間《とき》のなかで
川の中には凍りついた季節が
順序よく折りたたまれている

神秘

五月の森

吊橋を渡ると急に空気が重苦しくなってきた。この道を
まっすぐ行けば深い谷間にぶつかるだろう。丈の高い枯
草がどこまでも行く手をはばむ。
五月の森は吊橋を境にして明と暗に分かれる。スクリー
ンを見ているように一瞬にして風景の色が変わった。
その時だった、足下のスニーカーに気づいたのは。片方
だけのスニーカーがまっすぐ私を見つめている。まだ残
るぬくもりさえ立ち昇らせて。生々しくおかれた片方だ

けのスニーカーに私は言い知れぬ恐怖を覚えた。もう片方のスニーカーをはいた男がどこかに潜んでいるのでは……と、思わずその場に釘づけになった。都会の片隅なら、スニーカーの片方ぐらい何事もなく見すごしたであろう。

片方だけのスニーカーは不気味に私に迫ってくる。きびすを返して一目散に逃げる私の背をスニーカーの眼はどこまでも追ってきた。

やっと木もれ日のさす明るい地点にもどった私の背に、スニーカーの視線はぴったりとはりついていた。

青春

サミュエル・ウルマンの世界より

秋が開いた扉の裾から
青いひとすじのゆらめきがのぞく
月光のソナタを
何回聞いたかと問われるよりも
青いひかりのゆらめきを
何回感じたかの方が重い

それは木々の繁みの

あたりからであったり
ばらの花びらを流れる
香りの道すじからであったり
川の水がひきあうように
ゆっくりとあらわれる

出会えても
とどかない青いゆらめき
萩の花が散りこぼれるように
足もとまできて散らばってしまう

危ういものこそ
あるとき瞬時に

歓びにかわることが
あるということを
あなたは知っている

揮発する館

日ごとに
熟れたみどりの
のびが加速する

ある日蔦は
正方形のその家を
すっぽりと封じこめた

風は
燃え立つ蔦の薫りに
むせびながら
うねりのウェーブをくり返す

家のなかに暗い夜がつづく
無秩序な住人たちの
エロスが溶けはじめる

闇の空間で
人影がふるえる
動物がうめきはじめる
溢れる湿気

まもなく季節《とき》は濡れながら
全てを腐敗にみちびくだろう

みどりに支配される汀で
揮発するやかた
夕暮れとともに
天に向かって埋葬される

夜桜

暗い夜空に
そこだけ白く明るく
ゆらめく一角がある

桜花は妖艶な
笑みをたたえ
黒い闇がふるえながら
それを吸う

亡霊でもひそむのか
あたりいちめん
冷気がただよい
物の怪たちがうごめく気配

息をひそめ
じっと見つめる瞬間
桜の魔性に吸いよせられ
身も心も魂まで
根こそぎ抜かれて

頭上で白くゆらぐ空

見なれた街も
この夜は
はじめての貌を見せる

壺

その壺は
不思議な肌の色をしていた
何の変哲もないようにみえて
光が当たると
稲妻が走るように光る

何げなくおかれたマントルピースの上
近づけば引き寄せられ

あるときは急につきはなされるような
妖しい光さえただよわせて

夜も更けるころ
壺のなかから
すすり泣く声がする
それはあたかも
何かを訴えるような
死者が発する音声であった

この家の主人《あるじ》は
壺の肌を慈しむようにさすりながら
「この壺には娘の骨粉を

まぜておるのじゃ」
老いた眼に涙がにじんでいた

数年前　娘が湖に
身を投げたと語った
心変りした恋人をうらみ

これから先永遠に
闇のはざまをさまよいつづけるのか
不思議な光を放つ壺よ

王冠

カレルシュタイン城

永い歴史を秘めた鉄の扉が開く
薄暗い室内に一歩入ると
凍てついた華やかさが
冷気になって立ちのぼる
息苦しいほどに重苦しく迫る
歳月の波のほとばしり

そのときだった

ショーケースのなかの
王冠のルビーが
かすかな光の上をすべるように
ほほえみかけてきた
「ごきげんいかがですか？」
私は王妃にささやいた

静寂の空間で
魂の影が喪失した時をとりもどす
白い沈黙のなかで
漣の諧調をくりかえしながら
無限の歳月を生きのびた

ジュエリーの光が
あたりいちめん散りこぼれて
天窓からのぞく
ボヘミヤの白い月の光に
きらめきながら
ゆっくりと舞いはじめる

影

あなたにカメラを向けられると
私はいつも一瞬たじろいだ
何かみすかされているような
心の秘密を撮られているような

あなたの視線は
私のなかを突きぬけて
遠くへ遠くへとのび

ある風景にぶつかった

丘の下の切り通しの道
あたりいちめんの菜の花
あなたはそのなかで
かすかにゆれる影を追って
その映像に見入っていた

私という被写体は
はるか遠くに広がる
濃霧に消されて

あのときあなたは

全くの他人になっていた

その瞬間
影はますます大きくなり
あなたのなかで
たしかな位置をしめていた

生きる味わい

冬の陽

茶の間には
鉄瓶のお湯が
ちんちんとたぎって
萩焼のまるい皿には
ちんまりと
薄紅色のようかんが
もられて
子供たちは神妙な顔つきで

備前焼の茶碗から
薄茶をすすっていた
茜色の夕日が
ようかんの紅を
ことさら紅く染めて

舌には何十年も前の味が残されている
舌の上で記憶された風景には
いつもやわらかな
冬の陽がさしている

このないがしろにできぬもの

蓋をあければ
たちのぼる不滅の力
女はひたすらかきまぜる
今日もあしたもあさっても
女の手がふれるたび
恍惚のときを味わうぬかみそ

女の情愛の深さだけ

日々まろやかさを増して
うっとりと抱かれる
きゅうり　なす　かぶ　大根

女はうっぷんをはらすとき
思いっきりぬか床をたたく
女はよろこびをかみしめるとき
床をやさしくなでまわす
女は悲しみに打ちひしがれるとき
涙をしたたらせて塩分をおぎなう

女の意志　微生物の営み
何もかも吸いあげて

変身する夏野菜

声にならない言葉
日々女とぬかみその間をゆきかって
夕餉の膳でふくらむ
ひそやかな幸福《しあわせ》

ときめく辣韮《らっきょう》

身ぐるみはがされ
まぶしいほどの白い裸身
惜しげもなく海水にさらされて
塩水に責められること三週間

丸みを帯びた白いからだは
主張もゆるされないまま
重い刻《とき》を余儀なくされる

それでも足りず
またしてもある日
飴色の辛辣な世界にほうりこまれる

あきらめと忍耐の長い時をついやして
みずからのルーツがよみがえる
そこではじめて知る
己の過酷な運命を
――それは出自を克服した先祖たちのこと
苦しみは必然のことであった

夏も終わりに近いある日
味もまろやかに

べっこう色に仕あげられた
らっきょうは
ガラス鉢に反射する
電気の光にときめいて
やっと自分をとりもどした

それは
らっきょう畑で垣間みた
やさしい月の光でもあったから

茄子

つるつるの
つやめく肌
せっぷんを
したいくらいだ

つやつやの
紫紺の肌を
夏の陽がすべった

まあるい笑みを浮かべて

ちょっぴり太りぎみの
まんまるい腹を
てんとう虫がころがった
すってんころりんころがった

キラキラ
きらめく肌の上を
夏の午後が自信満々で
通りすぎる

気温　三十五度

包丁　持つ手が
体当たりで
なすの腹をつきさした

柚子

里山から風が
味をともなっておりてくる
風味満点の　ユズ

光る風に味つけされて
深い味となり　香りとなり
その誇りをおおらかに
天に向けて放つ

しぼり汁を
魚にふりかけ　マスキング
魚はもののみごとに
甘くほろ苦い味に変身する
熟れた黄色い球体が
舌の上で安らぐ

ドレッシングに
黄金色の皮をみじん切り
汁をしぼり入れる
チキン　トマト　レタス　マッシュルーム

風の味が浸透して
里山の味がまろやかに流れて
その風味は奥へ奥へと
人を誘って
皿の上に奥ゆきを広げる

夏の夕暮れ

白い皿にすがすがしい姿で
舌びらめのムース
グリーンのソースが
すずやかに流れて

ひらひらとチーズの花びらが舞って
上気した真っ赤なトマトがよりそって

水鏡の詩学

中本道代

まだ鏡というものが発明されていなかった頃、人は水の面を覗き込み地上の様々なものが映っているのを見て、そこに映りこんでいる貌を自分のものと認識したのだろうか。その認識の瞬間までの永い道程を想像すると、気が遠くなるようだ。ナルキッソスも水に映る貌が自分のものだとは知らなかった。

水鏡は不思議だ。地上のものを映すだけではなく、それ自体の中に一つの世界があり、地上のものは水鏡を通して違うものへと変容させられる。地上であれば届くものが、どこまで触れても届かない。水鏡の中には、地上とは別の命があるのにちがいない。ナルキッソスが恋い焦がれたものは、単純にナルキッソス自身であるとは言えないのではないか。この詩集の冒頭の作品「水鏡」にも「水底から水のまなこがじっと私をみつめる」と書かれている。

水鏡が、鏡であるという性質から生まれている奥底のない深さも、水であるという事実からの変容、飛躍があるだろう。そういうことを考えると、水鏡とは「詩」を意味しているのではないだろうかという想像に誘われる。地上の理性では深さを測れない、ゆらぐ世界――。
人が覗きこむと、水底の眼となって見つめ返してくるもの。人が見つめることで、命を得て生き始めるもの――たとえば「五月の森」という作品の「スニーカーの眼」や「夜桜」という作品の「桜の魔性」など、水と直接関係ないものであっても、水鏡という方法の変換、変奏とも考えられる。この詩集の中では、どれほど多くのものが命を得て、いきいきと顕われ出ているいることだろう。

秋が開いた扉の裾から
青いひとすじのゆらめきがのぞく
月光のソナタを
何回聞いたかと問われるよりも
青いひかりのゆらめきを
何回感じたかの方が重い

それは木々の繁みの
あたりからであったり

ばらの花びらを流れる
香りの道すじからであったり
川の水がひきあうように
ゆっくりとあらわれる

出会えても
とどかない青いゆらめき
萩の花が散りこぼれるように
足もとまできて散らばってしまう

危ういものこそ
あるとき瞬時に
歓びにかわることが
あるということを
あなたは知っている

（「青春――サミュエル・ウルマンの世界より」）

古城の王冠のルビーの光、恋文の中の炎のゆらめき、幽明を流れる鉦の音なども、水鏡のようなゆらぎによって生まれ、消えゆく、触れられぬ幻を浮かび上がらせる。ゆれるものばかり集めた「ゆれるものたち」という作品もある。そこに私は、藤井慶子さんの作品に通底している、人生への、美への、命への深い憧れを見る。憧れという形のないものを形あるもの、目に見えるものにすることが詩の秘密ではないだろうか。

長い年月にわたる詩作をまとめられたこの詩集には、藤井慶子さんの、生活の細部に愛情をこめ、心を尽くして生きてこられた瞬間瞬間が言葉の弾力となって張りつめているようだ。それに拮抗するように、例えば「生きる味わい」の章のぬかみそや辣韮や茄子や柚子たちも、命の弾力を精一杯伝えてくる。そこから尽きることのない味わいが生まれてくるのだが、味というものもまた形なく揺らぎ、変容して消えて行く。そのような変容を追い、愛しみ、惜しむ過程が、生きる歓びとして詩集を明るくしている。「ブータンの布華《きら》」という作品に見られるように、大きな「生への賛歌」が集中を流れているのだ。

そして作者その人もまた、命のゆらぎのただ中にあるものとして、なお生の未知へと開かれて行っているのではないだろうか。水鏡には限界がないのだから。

藤井慶子『水鏡』栞・思潮社

みどりのソースが皿の周りを
かろやかにひとめぐり
細いはっぱになって
花園へと散ってゆく

遠い日
空の彼方に旅立った人
いつのまにかテーブルの
中央に座ってことばをつなぐ

思わずグラスを並べて
シャンパンを注げば
まだ明るい夏の宵を

さるすべりの花びらが流れる

その人は　あの日と同じ手つきで
グラスを胸に抱く
ことばは熱くもえて

命

祈り

しずかな空気を
ふるわせて
鉦の音が広がる

細く長く想いをのせ
響きはひとすじの流れになって
幽玄の世界にいざなう

静謐な空気があたりを満たし
祈りはひそと
みたまとひびきあう

そのたしかさをともなって
次第に細くなる旋律
ひたすら幽明のきわみへと
流れてゆく

いまひとたびの願い
みまかりし
魂とふれあうまでの

三月

いくつもの日常が
なれた手つきで
季節の衣替えをする

ゆれる波打ちぎわで
春の子宮が産卵する
きらきらきらめく光の子たちを

透明な空のひとみが写す
リズミカルな森の連なり
芽生えたものたちの
対話がはじまる

テーブルにはカフェオレと
焼きあがったばかりのクロワッサン
目覚めたばかりのバラが
光の方向にゆるみはじめる

ゆれるものたち

ローズマリーの
枝と枝の間に
丹念に編まれた
ハンモックを
夏の午後
子ぐもがゆらしつづける
次の瞬間
破壊があることもしらずに

木もれ陽に　つかの間の命が光る
ほたる袋の花房がゆれる
落下をこばむ空気が
執拗にまわりの草花を
ゆらしつづけて

思考はいつも
夕暮れの街角でゆるみはじめる
街角の生ぬるい空間が
せきとめられ
夕陽に染められた言葉が
落日とともにゆれはじめる

女の鹿の肉

〈若い柔かい、はじらいに満ちた女の鹿の肉。何物もほしくなくなったはずのわたしに食欲か淫欲かわからぬ、はげしいものが沸きおこった〉
三好京三氏が、ある雑誌に〝おもいでの味〟として書かれた一文の鮮列な数行に圧倒された
さぞかし絶品だったことだろう
更に〈匂い、舌ざわり、味のすべてが、軽くて、おだやかで、つつましくて、純情で、もう何とも言えない〉と

続く

そのとき
あの味がよみがえった
昨年の秋　蓼科の横谷峡で
生まれてはじめて口にした
鹿の肉の刺身
トロのようなあじわいで
とろとろと　とろけながら
舌の奥深く吸いこまれていった
美しくて清楚でエレガントな
若い女の鹿の肉であったに違いない

若い女の鹿が
青春を真赤にたぎらせて
野を渡り　山をかけめぐり
ひたすら　若い男の鹿に従って走る

そんな青春に向かって
一発の銃声が放たれる

青春の真っ只中の
若い女の鹿
そんな肉を躊躇もせず
口にしたことが
いま私の胸を刺す

恋文

納戸の片隅に
ひっそりとおかれた
古い恋文の束
めぐり逢い　別れ
閉じこめられた記憶が
闇のなかで疼く
燃やされることのなかった想い
炎のゆらめきのなかから

遠い日の風景がひろがる

深いほど蒼い空
海沿いに長く続く松並木
ひんやりとした砂浜は
素足に心地よかった
あふれるもので
流れは変えられる筈だった

どこまでも続く松並木を
二人の足音と
風の音と
波の音と

沈黙だけが進んでいった
あの日
足先が砂を脱いだときから
すべては終わったような気がした

長い時を重ねた
恋文の束は
闇のなかで
まだ血を噴きあげそうな
火口さえのぞかせて

雪

森も湖も冷えきっていた
定期演奏会帰りの靴音が
冴えた夜空に無情にひびく

彼も私も無言のまま
私の心は
はるか彼方で鼓動していた
聞こえないような小さな声で
ごめんなさい　とだけ言った

急に白いものが舞いおりて
彼はマントのはしを
何げなく私の肩にかけてきた
マントのぬくもりは感じたが
唇は重ねなかった
雪はますますはげしくなって
私の心も白一色に染まっていった

彼から借りた
倉田百三の『愛と認識との出発』が
長い年月私の本棚で眠っている
（感想を書いて返して……との
メモもはさまれたまま）

ある日　もっと年を重ねたら
どこかの公園のベンチで
感想文といっしょに返せたらと思っていた

今日夫あてに
旧制高校の同窓会名簿がとどく
何げなく開いた彼のページ
一九八五年死亡

今夜もあの夜のように
白い雪が舞っている
あの時の彼と私を閉じこめたまま

挽歌

親友の死

訃報は夏の午後とどいた
高原の涼風が
冷ややかな風に変り
わたしの全身が波打つ
長い空白の時が流れて
あなたは遠ざかる星
祈りを天にはなち
慟哭するさくらよ

しなやかなしらかばの
薄葉のあわいに
いちめんの桜が花をつけて
うすくれないの波が
森をきわだたせる
はげしさを増したさくら
挽歌の空に一気に咲き切る
白い炎の花びらに
あなたの言葉があつくもえる
（桜をこよなく愛した人よ）
二人の未来に秘められた
最後の風景なのだろうか

木立から
ことばが降りてくる
「死がやさしく
わたしのために
止まってくれた*」

しらかばがそよぐ
風が立ち
森は黒いシルエットから
さくら色に
から松の林のなかを
見なれた白い影が

すーっとぬけていった

＊エミリー・ディキンソン

ブータンの布華《きら》

仮面祭の日
ブータンの少女は
何か月もかけて織りあげた
晴れ着《きら》をまとう

日もすがら
悲しみは　経糸《たて》に
歓びは　緯糸《よこ》に
まっすぐな眼と心の連結が

しなやかな想いを
織りこんでゆく

衣裳《きら》はまとうもの
ハサミは使わない
心通わせ織りこんだ
一糸ごとの想いを
裁つなんて　とてもできない

紡ぎは
　生への挑戦
織りは
　生への讃歌

ヒマラヤの谷間に
機械の音がひびき
その音は遠く
ナイルのせせらぎまで
少女たちのことばを伝える

夕映え

やわらかな黄金の光が消え
地表にちらばっていたぬくもりが
少しずつうすらいでくると
昼はそっと引きあげていく

代わりにあらわれる夕暮
西の空をサーモンピンクにいろどり
裸木のシルエットを描く

夕映えが炎えるなか
銀の機体が水色のリボンを流して行く

私もいまは夕映えの季節
血を流しつづけた日も過ぎて
抱きしめられた幾多の季節も過ぎて
私のなかでひそかに
炎えつづける

どこかであきらめきれない
火の粉が舞って
何ものにも浸透しやすくなった
命の炎がもえつづける

脱ぎ捨ててゆく時間《とき》のしめくくりも
あの夕映えのように
優雅にありたいと願いつつ

あとがき

月日の流れは早く、人生の終盤にかかる私も原点に立ちかえって初期の処女作品などをまとめ、今回は生きた証のような作品集になりました。

巻頭の詩「水鏡」と表紙の写真のモデルは長野県蓼科高原のチェルトの森の中の小段《しょうだん》の池です。常時、人影はなく、いつもひっそりと静寂のなかに美しい姿をかもしだしています。エメラルド色の水面の岸に沿ってしらかばが群生しており、水に映るしらかばと相俟ってエレガントな風景を呈しています。

又「緑響く」の詩もやはり池をモチーフにしています。この池は奥蓼科にあり、昔神に捧げる鹿を射る神事が行われたところから御射鹿池と呼ばれています。鏡のような池と言われるほど透明感があり、廻りの樹々を池の面に映し、神秘的な美しさをたたえています。

日常のなかで、いろいろなものをとらえ、そこから詩を広げてゆく、ことばは時々どんでん返しをくり返し、そのはざまで詩は苦慮します。日常的な経験から普遍的なものまで、その認識を通して思考はその本来の姿を詩に求め、時を超えたことばは命と思います。

現在私は「波の会日本歌曲振興会」と「日本歌曲協会」の会員として、詩人、作曲家、声楽家のコラボレーションで創作活動を続けています。集中にもコンサートで歌われた詩が幾篇か入っています。現代詩を作り、歌曲用の詩を作る、そのはざまでゆれているような日常です。

今回出版に当たりまして、以前より御指導を頂いて参りました中本道代先生に大変お世話になり、お心のこもった解説文を書いて頂きました。先生には心より深く感謝申し上げます。

思潮社編集部の遠藤みどり様には温かなアドヴァイスを頂き、大変お世話になりました。心より厚く御礼申し上げます。

二〇一六年　初秋

藤井慶子

藤井慶子（ふじい　けいこ）

一九二九年生まれ
島根県松江市出身

詩集『ロカ岬』

詩誌「游」「扉」同人
日本詩人クラブ会員
一般社団法人　波の会日本歌曲振興会会員、日本歌曲協会会員

現住所
一八一―〇〇〇五　東京都三鷹市中原四―十一―十六

水鏡《みずかがみ》の記憶《きおく》

著者
藤井《ふじい》慶子《けいこ》
発行者
小田久郎
発行所
株式会社思潮社
〒一六二—〇八四二　東京都新宿区市谷砂土原町三—十五
電話〇三（三二六七）八一五三（営業）・八一四一（編集）
印刷
三報社印刷株式会社
製本
小高製本工業株式会社
発行日
二〇一六年十二月十日